KB238123

나쁜 소년이 서 있다

나쁜 소년이 서 있다

허연 시집

민음의 시 149

민음사

自序

결국,
범인(凡人)으로 늙어 간다.
다행이다.

2008년 10월
허연

차례

작품 해설/차창룡

간밤에 추하다는 말을 들었다

배고픈 고양이 한 마리가 관절에 힘을 쓰며 정지 동작으로 서 있었고 새벽 출근길 나는 속이 울렁거렸다. 고양이와 눈이 마주쳤다. 전진 아니면 후퇴다. 지난밤이 고스란히 남아 있는 나와 종일 굶었을 고양이는 쓰레기통 앞에서 한참 동안 서로의 눈을 바라보며 서 있었다. 둘 다 절실해서 슬펐다.

"형 좀 추한 거 아시죠."

얼굴 도장 찍으러 간 게 잘못이었다. 나의 자세에는 간밤에 들은 단어가 남아 있었고 고양이의 자세에는 오래전 사바나의 기억이 남아 있었다. 녀석이 한쪽 발을 살며시 들었다. 제발 그냥 지나가라고. 나는 골목을 포기했고 몸을 돌렸다. 등 뒤에선 나직이 쓰레기봉투 찢는 소리가 들렸다. 고양이와 나는 평범했다.

간밤에 추하다는 말을 들었다.

도미

헤엄치기를 잊어버린 도미가 수족관 안에 뒤집어져 있다. 자기가 뒤집어진 걸 아는지 모르는지 처연하게 뒤집어져 있다. 죽었나 싶었는데. 살짝살짝 꼬리지느러미를 움직이며 삶의 한 방점을 찍고 있다. 자세히 들여다보니 눈이 맑다. 원래 저렇게 생겨 먹은 눈인지는 알 수 없지만 아무도 미워하지 않는 자의 눈이다. 그러다간 가끔 천천히 수족관 바닥으로 가라앉는다. 그 움직임이 연기 같고 구름 같다. 바닥에 닿는 듯하면 이내 움찔 다시 수면으로 올라온다. 용서한 자의 자태다. 그렇게 또 한 방점을 찍는 것이다.

아픈 표정 하나 없이 도미는 하루 종일 삶의 방점을 찍고 있었다.

난분분하다

안 가 본 나라엘 가 보면 행복하다지만, 많이 보는 만큼 인생은 난분분(亂紛紛)할 뿐이다. 보고 싶다는 열망은 얼마나 또 굴욕인가. 굴욕은 또 얼마나 지독한 병변인가. 내 것도 아닌 걸, 언젠가는 도려내야 할 텐데. 보려고 하지 말라. 보려고 하지 말라. 넘어져 있는 부처의 얼굴을 꼭 보고 말아야 하나. 제발 지워지고 묻혀진 건 그냥 놔두라.

가장 많이 본 사람은 가장 불행하다. 내 앞에 있는 것만 보는 것도 단내 나는 일인데. 땅속에 있는 전설을 보는 자들은 무모하다. 눈으로 보아서 범하는 병.

끌려 나온 물고기가 눈이 튀어나온다.

안에 있는 자는 이미 밖에 있던 자다

불빛이 누구를 위해 타고 있다는 설은 철없는 음유시인들의 장난이다. 불빛은 그저 자기가 타고 있을 뿐이다. 불빛이 내 것이었던 적이 있는가. 내가 불빛이었던 적이 있는가.

가끔씩 누군가 나 대신 죽지 않을 것이라는 걸. 나 대신 지하도를 건너지도 않고, 대학 병원 복도를 서성이지도 않고, 잡지를 뒤적이지도 않을 것이라는 걸. 그 사실이 겨울날 새벽보다도 시원한 순간이 있다. 직립 이후 중력과 싸워 온 나에게 남겨진 고독이라는 거. 그게 정말 다행인 순간이 있다.

살을 섞었다는 말처럼 어리숙한 거짓말은 없다. 그건 섞이지 않는다. 안에 있는 자는 이미 밖에 있던 자다. 다시 밖으로 나갈 자다.

세찬 빗줄기가 무엇 하나 비켜 가는 것을 본 적이 있는가. 남겨 놓는 것을 본 적이 있는가. 그 비가 나에게 말 한마디 건넨 적이 있었던가. 나를 용서한 적이 있었던가.

숨 막히게 아름다운 세상엔 늘 나만 있어서 이토록
아찔하다.

슬픈 빙하시대 1

당신을 알았고, 먼지처럼 들이마셨고

산 색깔이 변했습니다. 기적입니다. 하지만 나는 산속에 없었기에 내게는 기적이 아니었습니다. 기적이 손짓해도, 목이 쉬게 외쳐도 나는 그 자리에 가만히 있었습니다. 가는 길도 잃어버렸습니다. 당신이 오랫동안 닦아 놓았을 그 길을 잃어버렸습니다. 이제 덤불로 가리어진 그 어디쯤, 길도 아닌 저 끝에서 당신은 오지 않는 나를 원망하고 있겠지요. 다시는 기다리지도 부르지도 않겠지요. 그 산을 다 덮은 덤불이 당신의 슬픔이겠지요.

호명되지 않는 자의 슬픔을 아시는지요. 대답하지 못하는 자의 비애를 아시는지요. 늘 그랬습니다. 이젠 투신하지 못한 자의 고통이 내 몫입니다.

내게 세상은 빙하시대입니다.

나쁜 소년이 서 있다

세월이 흐르는 걸 잊을 때가 있다. 사는 게 별반 값어치가 없기 때문이기도 하지만 파편 같은 삶의 유리 조각들이 처연하게 늘 한자리에 있기 때문이다. 무섭게 반짝이며

나도 믿기지 않지만 한두 편의 시를 적으며 배고픔을 잊은 적이 있었다. 그때는 그랬다. 나보다 계급이 높은 여자를 훔치듯 시는 부서져 반짝였고, 무슨 넥타이 부대나 도둑들보다는 처지가 낫다고 믿었다. 그래서 나는 외로웠다.

푸른색. 때로는 슬프게 때로는 더럽게 나를 치장하던 색. 소년이게 했고 시인이게 했고, 뒷골목을 헤매게 했던 그 색은 이젠 내게 없다. 섭섭하게도

나는 나를 만들었다. 나를 만드는 건 사과를 베어 무는 것보다 쉬웠다. 그러나 나는 푸른색의 기억으로 살 것이다. 늙어서도 젊을 수 있는 것. 푸른 유리 조각으로 사는 것.

무슨 법처럼, 한 소년이 서 있다.
나쁜 소년이 서 있다.

커피를 쏟다

산의 한쪽 어깨가 날아가 버린 날. 난 그저 통조림 뚜껑을 열었고, 평등을 외치는 사람들이 내 옆을 지나갈 때 그들과 나의 폐활량 차이를 궁금해했을 뿐입니다. 당신이 몇 개의 산맥을 넘어가 버린 날도 난 그저 노트북에 커피를 쏟았을 뿐입니다. 다 세월 속에서 벌어진 일입니다. 마음에 남을 뿐 지나가 버린 일입니다. 책상 모서리에 무릎을 부딪히는 일이나 후진하다 담벼락을 들이받는 일조차 원래 일어나기로 되어 있던 일.

나는 언제나 내 강물을 보고
당신은 당신의 강물을 보고

그나마 세월이 서로를 잡아먹는다는 것만 겨우 알았을 뿐입니다.
원래 일어날 일들이었습니다.

수천만 년 전

마지막 지층 속에나 남겨져 있을. 짓이겨지고 짓이겨져서 이젠 탄소 알갱이보다 작은 당신을 생각했습니다. 알갱이 속의 눈물과 알갱이 속의 저주와 알갱이 속의 그리움을. 알갱이 속의 신(神)과 알갱이 속의 망연자실을 알갱이 속의 눈꺼풀을.

출근을 하면서 그날을 생각합니다. 낙타가 고래였고, 고래가 낙타였다는 시절을 생각합니다. 그들 중 누군가가 바다로 걸어 들어갔던 그날을. 그들이 왜 헤어졌고 다시 만나지 못했는지. 수천만 년 전 도대체 무슨 일이 있었던 건지.

당신께 묻습니다. 왜 바다로 간 건지. 왜 지층은 아직 침묵인지. 화석도 남기지 않은 날들을 도대체 누가 믿어 줄 건지. 알갱이 속에 갇힌 수천만 년을 왜 말해 주지 않는지.

오늘도 지층을 파면서 묻습니다.
당신은 낙타였던가요, 고래였던가요.

빛이 나를 지나가다

초월한다는 게 도대체 모르핀 같은 건가. 손목이 부러지고 깁스한 지 한 달째, 우울한 팬터마임으론 아무도 웃기지 못한다는 걸 알았다. 이미 어두울 만한 데는 몽땅 어둡고 뼈만 하얗게 빛나는 밤하늘이 필름 속에 그득하다. 고래고래 욕하고 헤어진 사랑만 하얗게 남는구나. "2주만 더"라는 의사의 선고를 받고 피식 웃었다. 혹시 썩고 있는지도 몰라. 빌어먹을, 흙 속에 손목을 파묻고 싹이 나기를 기다리지.

남은 한 손에 가방까지 들었는데 하필 비가 올 건 또 뭔가. 택시의 얼굴이 하나같이 사납다. 글쎄야 안 쓰면 그만인데, 손 다치고 나니까 웬 놈의 박수 칠 일이 이렇게나 많은지. 용서하자. 빛은 어딘가에 도달하기 위해 나를 지나쳤을 뿐, 어차피 내 손목이나 내 사랑은 안중에도 없었다.

생태 보고서 2

말라 버린 소금 호수 위에 넘어져 생긴 상처의 쓰라림. 이러지도 저러지도 못하는 쓰라림. 꼬리뼈에 난 상처를 어루만지며 성질 사나운 비둘기가 떨어뜨린 깃털이 눈처럼 내리는 소금 사막에서 나는 살았다. 금세 불어온 바람이 발자국을 몽땅 지우니까, 사라지는 건 이데올로기. 소금이 날 무시하고 날 버무리고, 풋내 나는 사랑 하나 간직하지 못하고. 어떤 운명이 몰려와 내 걸음걸이를 통째로 지워 버리는 그런 날이다. 끝도 없는, 저승과 진배없는 소금밭 위를 기어간다. 목이 마르다. 작은 소금 결정에 비치는 난반사의 삶. 소금 위에 갇혀 버린 백악기의 찢어진 틈새.

소금 가루 흩날리는 흐린 날이다.

슬픈 빙하시대 4

나에게 월급을 주는 빌딩 뒤에는 타임캡슐이 묻혀 있다. 콘돔이며 뭐 이런 것들이 묻혀 있단다. 기념이란다. 난 그래도 학생 때와 마찬가지로 끝까지 간 사람을 존경할 줄은 안다. 그나마 다행이다. 난 때로는 말할 수 없는 것에 대해 말하기도 하고, 말할 수 있는 것에 대해 침묵하기도 한다. 따라서 나는 매우 실존적인 잡놈이다.

착각은 오류를 따지지 않는 법. 오늘도 나는 시내로 돈을 벌러 간다. 돈 벌러 온 놈들이 잔뜩 몰려 있는 곳으로 15년째. 시내는 세상의 중심이다. 물론 착각으로 판명 날 게 뻔하다. 개구멍에라도 빛이 들기를 바라는 마음으로 나는 또 하루를 썩힌다. 욕을 내뱉으며 엘리베이터 앞에 선다.

가끔은 토할 것 같다. 돈 버는 곳에선 아무도 진실하지 않지만 아무도 무심하지 않다. 난 천성이 도 닦을 놈은 못된다. 버틸 뿐이다.

밤마다 내가 사나운 백상아리가 되는 꿈을 꾼다.

살은 굳었고 나는 상스럽다

굳은 채 남겨진 살이 있다. 상스러웠다는 흔적. 살기 위
해 모양을 포기한 곳. 유독 몸의 몇 군데 지나치게 상스러
운 부분이 있다. 먹고살려고 상스러워졌던 곳. 포기도 못했
고 가꾸지도 못한 곳이 있다. 몸의 몇 군데

흉터라면 차라리 지나간 일이지만. 끝나지도 않은 진행
형의 상스러움이 있다. 치열했으나 보여 주기 싫은 곳. 밥벌
이와 동선이 그대로 남은 곳. 절색의 여인도 상스러움 앞에
선 운다. 사투리로 운다. 살은 굳었고 나는 오늘 상스럽다.

사랑했었다. 상스럽게.

슬픈 빙하시대 2

자리를 털고 일어나던 날 그 병과 헤어질 수 없다는 걸
알았다. 한번 앓았던 병은 집요한 이념처럼 사라지지 않는
다. 병의 한가운데 있을 때 차라리 행복했다. 말 한마디가
힘겹고, 돌아눕는 것이 힘겨울 때 그때 난 파란색이었다.

혼자 술을 먹는 사람들을 이해할 나이가 됐다. 그들의
식도를 타고 내려갈 비굴함과 설움이, 유행가 한 자락이
우주에서도 다 통할 것같이 보인다. 만인의 평등과 만인의
행복이 베란다 홈통에서 쏟아지는 물소리만큼이나 출처
불명이라는 것까지 안다.

내 나이에 이젠 모든 죄가 다 어울린다는 것도 안다. 업
무상 배임, 공금횡령, 변호사법 위반. 뭘 갖다 붙여도 다 어
울린다. 때 묻은 나이다. 죄와 어울리는 나이. 나와 내 친구
들은 이제 죄와 잘 어울린다.

안된 일이지만 청춘은 갔다.

탑(塔)

그날 소금기 진하게 밴 구운 감자를 씹으며 생각했다. 비겁하다. 비겁하다. 난 언제나 싫은 일은 절반쯤만 하면서 살아왔구나. 그렇게 안심했었구나. 좋은 일의 절반이 날아가 버린 것은 생각도 하지 못했구나.

비루한 삶의 한 방편.

기울어진 탑에서 종소리가 들렸다. 닳을 만큼 닳아 버린 나무 계단을 밟고 탑을 오른다. 현기증과 무서움이 섞여 다리가 떨렸다. 절반쯤에서 포기하고 다시 내려온다. 목숨을 걸고 싶지 않았다. 지지부진한 여행을 결국 계단이 삼킨다.

절반의 타협. 끝내 탑을 올라가는 사람들이 두렵다. 돋보기 쓴 저 백인 할머니보다 나는 겁쟁이다. 그늘에 앉아 이 여행의 끝을 생각했다.

포(脯)를 떠 버린 시간

볕 좋은 날 길 위에 서면 치여 죽은 것들이 다 보인다. 길을 건너다 말고 생각에 빠졌던 것들, 검은색 비구상 자국으로 남은 것들.

그 포를 떠 버린 시간들.

주인공이 누명을 벗을 때까지의 그 스트레스.
문자의 지배를 받았던 나는 개미 한 마리 죽이지 못했고, 밤마다 영화를 끼고도 살아 봤지만 전기톱이나 기관총은 익숙하지도 않았다.

생각에 눌려 포처럼 납작해진 것들은 내가 감당하기에는 너무 아픈 것들이었다.

무엇 하나 이룬 것도 없지만 그렇다고 편치도 못했다. 어쨌든 난 여기까지 왔다. 다시 길 위다. 왔던 것들은 모두 포를 떠 버리고, 등 뒤에서 오싹하게 쫓아오는 슬픔들에게 말 한마디 제대로 걸지 못했다.

길은 나를 아주 생각이 많은 놈으로 만들었다.

산을 넘는 여자

한 사람이 주저앉는 모습을 본다는 것. 비가 왔다는 것. 새벽 육교 밑이었다는 것. 내 피가 빗물에 쓸려 가는 걸 바라보며 내가 걸었다는 것. 내가 넘은 것이 아마도 산이었다는 것.

나는 돌아왔다. 죽지 않고 산을 넘는 여자를 보기 위해. 그 여자가 갇힌 채 발을 구르던 세상에 오래오래 떠돌기 위해. 죽지 않는 여자와 죽어 가는 나를 세상에 남기기 위해.

한 여자가 있다. 그 여자가 있다. 울 줄도 내 목을 조일 줄도, 나를 용서할 줄도 아는 그 여자. 너무나 자폐적이고 미숙한 그 여자가 있다. 파장 무렵 녹슨 청동거울 앞에 앉은 여자. 아무리 봐도 통속은 아닌 그 여자.

겨울 아파트 단지의 병적인 정취가 어울리는 여자. 내가 있어서 아무것도 아니고, 내가 없어도 아무것도 아닌 여자. 죽지 않는 여자. 지금도 걸어서 산을 넘는 여자.

나는 돌아왔다. 서른 개가 넘는 산을 넘어.

슬픈 빙하시대 5

잉글랜드 축구 3부 리그 수비수가 날 울릴 때가 있다.
얼마나 더 살겠다고 MRI 찍는 통 속의 고독을 견디는 구
순의 노인이 날 울릴 때가 있다. 쓰러지기 전 거품 문 투우
의 마지막 진실 같은 거. 그게 날 울릴 때가 있다.

누군가와 일요일 아침 식은 밥을 물에 말아 먹고 싶다
고, 겨울 내내 촌스러운 화장을 하는 여자. 카운트는 끝나
가는데 더 이상 힘이 들어가지 않는 다리를 곧추세우려는
실패한 복서의 눈빛 같은 거. 절대 고독 안에 뒹굴고 있는
입석들의 폐허다. 인생은

떨어지기 전, 떨어지기 전, 그 간들거림.

태평성대

왜가리가 날아와
내 눈앞에서
오리 새끼를 잡아먹고 있었다
말이 안 되는 소리 같지만
왜가리는 오리 새끼도 먹는다

사무실에서 본
생태 도감에는 왜가리가 오리를 먹는다는 이야기는 없었다
해외 토픽감 왜가리를 보며
탄성을 지르는 사람들도
못 먹는 게 없기는 매한가지다

맞아 죽은 채 물 위에 뜬 시신에게
금기는 없다
존재가 다른 건
결국 먹어도 되는 것들인가
인간들은 왜가리이기도 하고
가끔씩 오리의 처지가 되기도 한다
물론 생태 도감에는 없는 이야기다

왜가리가 날아갔고
연못은 잠잠해졌다
먹고 먹히는 데 이유는 없다

신념이 필요 없는 이유는 충분하다

슬픈 빙하시대 3

중독자의 시선으로 바라보는 세상은 늘 용서가 된다. 설령 수만 년 동안 고쳐지지 않은 악습이 날 따라잡고, 익숙하지 않은 것들에 대해 잔인했던 내력이 반짝이며 돌아오더라도.

강가에서 뼈들의 과거를 읽는다. 한때는 사랑이나 환멸이었을 그 뼈들이 이렇게 또 반짝이며 부서진다. 나의 뼈는 고개를 넘고 물살을 헤치고 어디쯤 나아갈까. 쓸쓸할 테지. 아무 기억도 남지 않았을 테고.

저 잔인하게 벌어진 땅의 틈새로 어이없이 처박힌 뼈들의 과거.

세상 속으로

일리야 레핀*이 서 있다. 머리 끈을 푸는 여자 곁에 서 있다. 제정 시대의 보도 위에서 굴러 떨어진 감자알들이 으깨지는 걸 보면서 레핀은 신을 부정했다. 레핀은 자기를 무시한 것들만 줄창 그렸다. 레핀의 구두는 늘 오만하게 끈이 풀어져 있었다. 볼가 강의 배를 땅 위로 끌고 와서는 자기가 추장이라고 했다. 레핀은 툰드라의 풀 이름 나무 이름을 다 외웠고, 사랑하는 여자의 두개골 속을 그리고 싶어 했다.

레핀은 신용 불량자였다. 관음증 환자였고 세상에서 쫓겨났고 세상을 쫓아냈다. 레핀은 걸었다. 넘어질 듯 넘어지지 않았다. 세상에 입문했지만 늘 초보였다. 레핀도 벼슬을 했다. 세상이 자기를 알아줄 때 몰래 울기도 했다. 산을 내려왔고, 마차 정거장으로 걸어 들어갔다. 아편굴에도 사이렌 소리가 들렸지만 세상은 뒤집어지지 않았다.

* 러시아의 화가.

바다 위를 걷는 것들

사막에선
저쪽에서 보낸 눈빛과
이쪽에서 보낸 눈빛이 만난다
사막에서는 다 만난다
어차피 사막에선 사방이 바다로 보인다
사막에서 '끝'은 다 파랗다
파랗게 물결치는 것처럼 보이는 것들이 실은 공기란다
내 눈앞에 있는 공기와
100미터 앞에 있는 공기와
1킬로 앞에 있는 공기와
100킬로 앞에 있는 공기가 다 겹쳐지면 바다가 된단다
그 바다 위를 맨발의 위구르족 처녀가 지나간다
나귀가 지나가고
세월이 지나간다
아무렇지도 않게
모두 다 바다 위를 걷는다
태어나 바다를 본 적 없는 것들이 바다 위를 걷는다
바다를 본 적이 있는 나는 바다 위를 걷지 못한다
여기선 나만
바다 위를 걷지 못한다

바벨탑의 전설

총알은 알라의 콧잔등을 스치고 예수의 겨드랑이 사이
를 지나 부처 앞에 떨어졌다

염소들이 먼지 나는 땅을 헤집으며
뿌리를 뜯어 먹는 바위산
희망이 있다면 그건 언제나 탈출이다
소년 둘이 총알에 올라탄다
여기 지중해다
총알은 날개가 있어
미국 땅에 떨어졌고
잔치는 멕시코에서 열렸다
일본 소녀는 치마를 걷어 성기를 보여 줬고

먼지에 투신한 사람들
먼지 속에서 눈물을 흘렸던 사람들
불행인지 다행인지 그들은 서로 말이 통하지 않았다

통한 게 있다면 오직 총알뿐
총알은 신께 바쳐졌나

어느 날

"사는 게 뭔지"
이런 말을 가끔 한다.

오랜만에 만난 늙어 버린 가족들과 삼겹살을 먹을 때나 혹은 스무 살쯤 차이 나는 여성이 여자로 느껴질 때. "사는 게 뭔지" 하는 생각을 한다.

어제는 눈이 멀어 버린 개를 보면서 그 생각을 했다.
그 개의 문제는 눈이 멀었다는 데 있는 게 아니라 주인이 새집으로 이사를 했다는 데 있다. 있어야 할 곳에 뭐 하나 제대로 있는 게 없으니 눈이 먼 개는 사는 게 좌절이다.

땅콩이 가득 담긴 플라스틱 병은 열리지 않았고, 아파트 경비실에서는 등기우편 빨리 찾아가라는 짜증스러운 인터폰이 왔다. 지난달부터 먹기 시작한 위장약 두 알을 챙겨 먹고 멍하니 개를 바라본다.

여기저기 부딪히는 개를 보며, 손바닥으로 모기를 때려 잡으며 나는 그 난해한 상황을 그리 오래 걸리지 않아 포기했다.

끝끝내 버티던 내시경이라는 걸 결국 하기로 했다.

면벽

사람들이 절대적이라고 믿는 것들의 주변부에서 내가
산다.

벽을 보고 누워야 잠이 잘 온다. 그나마 내가 세상을 대
할 수 있는 유일한 자세다. 세상 아무것도 바꾸지 못하고
밥이나 먹고 살기로 작정한 날부터 벽 보는 게 편안하다.
물론 아무도 가르쳐 준 적은 없는 일이다. 여기는 히말라야
가 아니다.

누구는 세상 한가운데 산정(山頂)에서 살고 누구는 세
상 한 귀퉁이에서 산다. 하여튼 뭘 해서 먹고 산다는 건 두
렵고 신기한 일이다. 근데 그게 가끔 말썽이다. 난 또 한 사
람을 잃었다. 이젠 기까지 약해져서 땅을 치고 후회한다.
아침마다 섞어 버린 이름들이며 술병들이며 뭐 그런 것들
이 남는다.

지리멸렬해졌다. 말없이 바퀴나 굴리는 낙오자다 나는.
늘 작년 이맘때쯤처럼 사는.

집착도 끊지 못하고 밥도 끊지 못하고
난 오늘 또 벽을 보고 잔다.
여기는 히말라야가 아니므로.

박수 소리

귀가 웅웅거리니까 세상은 똑같은 소리만 낸다. 에밀레 종이다. 어쨌든 그게 수술까지 해야 하는 일인가. 난 그래도 중환자 넘쳐 나는 백 년 된 이 병원에선 귀여운 환자다. 구원을 기다린 건 아니지만 그래도 수술은 너무하다. 베토벤도 있는데.

우정을 믿지 않는 남자 애들이 병원 뒤편에 모여 앉아 간호사의 치마 속을 상상하고 있을때 「운명」이 울려 퍼진다. 날 수 있다고 믿었다. 적어도 저 병실의 천장까지는. 안 들리더라도 외마디는 지를 수 있었다. 머릿속에 왔다 갔다 하는 생각들은 내 불운일 뿐이다. 그래도 나는 마취에서 '깨어나며' '깨달았다.' 불끈 솟아오르는 게 사랑만은 아니라는 걸 알았다.

박수받기 위해 살지 않았지만 박수 소리는 들리지 않았다.

그날은 왠지 꽃 같았다.

생태 보고서 1

강물만 봐도 좋은 날이 있었는데
낙이 사라져 간다
늘 죽어야 하는 이유만큼 살아야 하는 이유도 있었는데
시에는 더 이상 쓸 말이 없고
아픈 다리를 끌고 가는 세월이
회식과 실적과 고지서 같은 것들에
걷어차이며 몇 번을 주저앉는다
시인들도 모이면 아파트 이야기를 한다고 씁쓸해하던 친
구 녀석은
아직도 열병을 앓고 있는 모양이다
잡동사니 끌고 내려오는 장마가 그렇듯
속세의 마음으로 시 쓰는 친구들과 디카 앞에 선 나는
어차피 비틀댈 것은 이미 비틀대기로 한 것임을
문득 깨닫는다 쉽게 산 사람들의 깨달음은 쿨하고
전쟁한 자의 깨달음은 소멸로 간다
좆도 아니게 된 것은 이미 좆도 아니었던 것
팔당댐 옆 천막 속에 앉아
말없이 빈불 매운탕을 퍼 넣는다

서걱거리다

6호선 갈아타는 삼각지에서 마른 잎으로 서 있는 사람들을 헤치고 간다. 용케도 부딪히지 않으며 용케도 싸우지 않고, 따로따로 서걱대는 나뭇잎들을 보며 신기해한다. 세상에 나와 마른 잎들이 거대한 고독을 만들고 깨우치는 그 통로에서 나 역시 서걱거린다.

서걱이는 마른 잎들에게도 잎의 기억은 남아 있다. 어제였든 아니면 수십 년 전이었든 잎의 기억을 그들은 알고 있다. 사랑을 빨아올리고 혁명을 빨아올리던 잎의 기억. 아무도 쉽게 죽지 않지만 그 대가로 우리는 시름시름 말랐다. 몇은 쉽게 죽기도 했지만 그래도 잎이었던 그날이 아득한데 다들 서걱거린다. 서걱거리기만 한다.

눈물도 말랐다.
물기 머금은 말을 나누었던 잎들이 이제는 서걱이기만 한다.
그러다 가끔 부딪히는 잎들은 부서져 버린다.
6호선 삼각지역
오늘도 몇 잎의 잔해가 흩날린다.

도시에서 꽃을 꺾다

(나는 꽃을 따러 도시로 들어갔네
그녀는 도시에서 병들어 있었네)

삶의 환희를 노래한 적 없고
내가 사는 세상의 뿌리를 사랑해 본 적도 없었네
시청 지붕 위를 나는 쥐새끼만도 못한
비둘기를 바라보며 침이나 뱉으면 그뿐

비둘기,
끔찍한 잡놈들
죽어도 죽지 않는 것들
역적이지도 않고, 무사이지도 않은 것들

공주를 만나러 갔었네
도시로 갔었네
성(城)은 폐허가 됐고
그녀는 병들어 있었네

슬픈 약속만 남기고 도시를 걸어 나왔네
무심한 비둘기들만 뿌연 하늘에 있네

나비의 항로

기억처럼 더러운 것은 없다
사막까지 따라오는.

아주 먼 길을 왔다.

언젠가는 바다 밑이었다는 북구의 항구도시를 떠나
살 만큼 산 나비처럼
기류에 떨다
밀리고 밀려서 남쪽으로 왔다.

사막,
쓰고 말한 모든 것들이 사라진다는 곳
아무것도 남겨 놓지 않는 기적이
하루 종일 일어난다는

생전 처음 듣는 모래 바람 소리는
자꾸만 기억을 불렀다.

혼자서 먼 길을 왔다.

사막에만 산다는 포아풀 더미와 섞여
기억이 따라서 굴러 왔다.

저항하지 못한 게 문제였다.

이 낯선 모래 무덤 위에도
그놈의 소금기, 소금기가 묻어 있다.

경계선의 나무들

산과 하늘이 만나는 곳은 언제나 선명하다
경계선에는 마른나무의 잔가지들이 무슨 중국집 발처럼
비쳐 보이고
따로 삐져나와 바람을 맞는 나무들의 비애는 늘 변함
없다
그들이 흘리는 눈물도

텅 빈 하늘을 향해 서 있는 나무들은
서로의 허물을 격려하지 않는다
단지 눈물을 흘릴 뿐이다

이따금씩 그들의 눈물이 겨드랑이를 타고
세상의 틈으로 스며들기는 하지만
그들이 꿈꾸는 이주는 이루어지지 않는다

서 있는 자리가 바뀌지 않는 이상
죽어도 구원은 없다

검은 지층의 노래

열병 앓는 머리맡에서 아주 오래전 노래가 흐른다. 지층의 흉터를 따라 흐르던 노래. 지층이 파 놓은 아주 미세한 홈을 따라 흐르던 노래. 가끔씩 상처 난 지층의 절개면에서 불협한 소리를 내곤 하던 노래. 돌고 돌았던 검은 지층의 노래. 누구의 뼈를 깎아서 만든 노래. 그 뼈를 기억하고 있는 검은 노래.

판판이 깨진 노래. 한 시대와 또 다른 시대가 장중하게 죽어 갔던 노래. 모닥불에 던지면 한 줌도 안 됐던 노래. 애저녁에 영원할 수 없었던 노래. 손쓸 수 없는 파멸을 담았던 노래. 차마 칼을 뽑지 못했던 그 봄밤에 들렸던 노래. 일몰 후에는 단조로 변했던 세월의 노래.

세로로 서 버린 노래. 문자가 되어 버린 노래.

경첩

절대로 움직이지 않는 것과
움직일 수밖에 없는 것
그 사이

비가 추적거리고 있는데
삶은 아무것도 하지 않고 있었다
그저 움직여야 하는 것과
움직이지 못하는 것을
붙들고 있었을 뿐

그렇게
백 년쯤 흐르면
빨갛게 녹슨 족보가 쓰인다
누가
그 문을 울면서 나왔는지가 쓰여 있다

문이 열리고 닫히는 건 중요하지 않다
문을 붙들고 있는 녹슨 족보만이 슬프다

움직여야 하는 운명과
그렇지 못한 운명의
빨간 틈새

등뼈로만 살기
— 지원의 얼굴*

그녀의 날갯죽지엔 존재의 흔적이 있다.

날개 없는 것들이 모여 비를 맞는다. 침묵도 두렵고 소멸도 두렵다. 구더기가 파먹은 어머니가 너를 만들었다. 물올랐던 어느 시절 널 만들었고, 소멸해 가던 그 언제쯤 너를 버렸다. 칼끝에선 눈물이 흘렀다. 넌 그렇게 날개를 접었다.

날개 없이 살기. 날개의 기억으로 살기.
우울증의 나날을 견디기 위해 비를 맞는다. 수행하기 싫은 수행자들처럼 비를 맞는다. 도를 닦지도 구태여 반항하지도 않는 속된 아름다움. 안식일을 지키지 못한 고된 아름다움.

빗줄기가 더욱 굵어졌고
날개가 흙이 됐고, 그림자도 흙이 됐다.

소멸을 향해 가는 침울한 술렁임

등뼈만으로 살아야 하는 날들이 남았다.

* 권진규의 테라코타 작품.

길바닥이다

길바닥에서 산다고. 왜 그렇게 사느냐고 길바닥에서 사는 사람을 원망한 적이 있었다. 내가 원했던 지붕도 서까래도 네모반듯한 문도 없는 그곳에서 왜 사느냐고, 살날도 얼마 남지 않은 그 가슴에 못을 박은 적이 있었다. 그대가 "정들면 집"이라고 기어들어 가는 목소리로 말할 때 이미 그곳은 천국이 아니었다. 자신 있게 말하자 세상 한 귀퉁이에서 그대가 죽었다. 봄이 왔다. 살아남은 나는 그대가 길바닥에서 인간답지 못하게 죽었다고 생각한다. 그래서 눈물이 난다.

꽃이 피기 시작한 어느 날부터 누워 있는 것이 두렵다. 죽음 때문이다. 아니 내가 잊을 수 없는 그 누군가가 나보다 먼저 누웠기 때문이다. 그 사람을 내가 미워했기 때문이다.

행복할 수가 없다. 그대가 납작 엎드려 신음하며 살았던 몹쓸 것 천지인 세상에서 이 길바닥에서

누울 수가 없다. 길바닥이다.

더러운 주기(週期)

멀리 가지 못했다. 기껏 노란 불빛이 흘러나오는 골목에서 나가고 싶다고 외친 게 전부였고, 언젠가 날아갈 비(飛)자로 시작하는 섬을 꿈꾼 날들은 모두 죽었다. 색연필로 지도 위에 점을 찍던 날들도 모두 죽었다.

이놈의 비정한 삶의 주기. 일찌감치 천주학을 믿었던 불우한 조상들과 그 자식 놈 어느 누구도 벗어나지 못했던 주기. 내 삶이 글러 먹은 대로, 또 가난한 연극으로 버티게 하는 힘. 내가 둘러업고 가는, 나를 둘러업고 가는 영 더러운 삶의 주기.

어리석은 것들과 죽이고 싶도록 미운 것들과, 돌아서면 눈앞에 밟히는 것들이 뒤엉켜 흘러가는 주기. 누구의 인생과도 무관하지 않은 내 삶의 주기.

내 조상을 수집하고, 나를 수집하고, 내 여자를 수집한 무섭고 더러운 삶의 주기.

눈물이란 무엇인가 1

이상하다, 그리움이 없었다니.

가루처럼 갈려 나간 토막들 하나하나가 다 그리움이라고 믿었던 적이 있었는데 지금 생각하니 아무것도 아니었습니다. 강으로 쓸려 내려오는 건 그리움의 잔해가 아니었습니다. 그저 내가 믿었던 그날그날의 신(神)들이 어딘가에 쌓여 있다가 온 것들이었습니다. 내가 그들을 다 믿었냐고요. 그날은 믿었지만 오늘은 그리움조차 없습니다. 오늘 나는 눈물에 쓸려 가 버렸습니다.

눈물을 흘리지 않은 날이 꽤나 길었습니다. 그날그날의 그리움에게 바쳤던 눈물이 기억이 나지 않았었는데. 오늘 나는 눈물에 쓸려 갑니다. 언젠가 신이 사라진 날 내게는 눈물이 사라졌고, 신이 돌아온 날 나는 온통 눈물입니다. 가득 찬 게 없어 흘릴 눈물도 없었는데 오늘 나는 눈물에 쓸려 갑니다.

내가 악마였던 날들을 떠올리며 지금도 악마인 나를 떠올리며 쓸려 가 버린 토막들을 기억합니다. 내게 신이었던 날들을 기억합니다. 왜 여름날의 눈물은 흙탕물뿐인지, 왜 감당이 되지 않는지.

　가난한 사람이 음식 앞에서 수줍어하는 것처럼 나는 오늘 눈물 앞에서 수줍어합니다.

그 산을 내려오지 못했다

몇 년째
아직도 그 산을 내려오지 못했다.
취한 자와 취하지 않은 자의 경계에서
할 수 있는 모든 저주를 퍼부으면서 걸었다.
어려운 것들은 전부
내려오는 길에 몰려 있었고
길은 능청맞았다.
아주 자주
어이없이 작은 자갈들이 길을 막아섰다.
지층에서 기어 나왔을 하찮은 알갱이들이
반짝이며 날 아프게 했다.
기억은 여지없이 기억일 뿐이었다.
거대한 것들은 차라리 돌아서 갈 수 있었다.
우회할 수 없는
이 사소한 것들이 결국
내 길을 막았다.
주워 담을 수 없이 오랫동안 작고 아팠던 것들은
내려가는 길에 다 있었다.
내가 산에 갔던 날부터 지금까지

어떤 기억도
소멸하지 않았다.

달리기

두 발로 선 대신 뇌가 무거워졌습니다. 수백만 년 전의 대가.

처음엔 삶의 한 풍파를 벗어나기 위해 달렸고, 그다음엔 저기에 사랑이 있다고 해서 달렸습니다. 신념이나 욕망 같은 것들을 어깨에 얹고 달렸습니다.

곡선주로를 빠져나온 그 어느 날 이것저것 다 빼면 달리기만 남았습니다. 성채를 지을 것 같았던 신념도 내 것이 아니었고, 기름기 잔뜩 밴 욕망도 내 것이 아니었습니다. 가 보니 사랑도 없었습니다.

달리기만 남았습니다.
한 사람이 불현듯 자유롭습니다.

고산병

(내가 어디를 왔다고 감히 돌아가는가. 내가 이곳에 오기는 했었나.)

새들이 날아오르지 않는다. 무거운 공기가 사람들을 껴안고 바닥을 뒹군다. 젊음도 계급이라고 오만하게 파닥대던 것들은 다 어디로 갔을까. 여기선 이루어 낸 것들이 이루지 못한 것들보다 초라하다. 살아 있는 것들이 죽은 것보다 초라해서 세상은 검다.

높아서 서럽다. 더 잘 살려고 왔던 사람들은 낭인들이 되어 돌아간다. 하늘은 너무 가까워 숨소리가 끓어오르고 노래를 불러도 산 너머로 가지 않는다. 차라리 갇히길, 그래서 여기서 죽기를, 또다시 가지 않아도 되기를……

무거운 것들만 남아 미동도 하지 않는 이 밤.

파이트 클럽*

내 진짜 모습으로는
사랑조차 하기 힘들어
죽지도 못해

내 진짜 모습은
스타벅스 커피와
스웨덴제 가구와
흰 셔츠에 넥타이

에덴으로 돌아가고 싶어
힘이 정의인 곳
패배하더라도 이유가 없는 곳

이 헛된 세상을
에덴으로 돌려놓고 싶어
해고 운운하는 세상의 멱살을 잡아
빌딩 밑으로 던져 버릴 거야
아니 아예 그 도시를 없애 버릴 거야

갖고 싶은 걸 가질 수 없고
욕망을 충족할 수 없다면
차라리 파괴해 버리자
녹아내리는 도시를 보며
난 노래를 하고 싶어

내 모습으로는 안 돼
난 너무 말랐고
배운 티가 심하게 나고
느끼해

비누를 만들 듯
폭탄을 만들어
내 사랑을 이룰 거야
이유는 묻지 마
침묵하자
불꽃놀이를 즐기면 그뿐
무엇으로 불꽃을 만들었는지는
중요하지 않아

그날 이후
그게 생각이 나지 않아
다행이지

— 우린 참으로 묘한 시간 속에서 만난 거야

* 데이비드 핀처 감독의 영화.

일요일

별로 존경하지도 않던 어르신네가
"인생은 결국 쓸쓸한 거"라며 자리에서 일어나
밖으로 나갔다
그는 지금도 연애 때문에 운다

오베르 가는 길
여우 한 마리 죽어 있다
여우 등에 내리쬐는 그 빛에 고개 숙인다

길 건너 저녁거리와
목숨을 맞바꾼 여우

보리밭 옆 우물가
사람들은 여기서도 줄을 서 있다

마음이 뻐근하다
이제부터는 쓸쓸할 줄 뻔히 알고 살아야 한다

추운 나라에서 온 바이올리니스트

늙고 늘어진 그의 턱밑에 끼인 인생이 무겁다
누군가가 그랬다
북구 어디 추운 나라에서 왔다고

슬픔은 때로는 시간을 앞서 간다
앞서 간 슬픔이 무신경하게 누군가의 얼굴에 드러날 때
난 무릎 꿇고 싶다

바람이 악보를 넘기지만 미동도 하지 않는다
이미 악보는 세월 속에 있었으므로

그와 나
둘밖에 남지 않았다
잠시 비치는 그의 눈물 속에서
길가에 손들고 서 있는 리어카보다 더 처연한
삶을 봤다

그는 추운 나라에서 왔다
암컷 호랑이를 '그녀'라고 부르고

수컷 호랑이를 '그'라고 부른다는 그곳
나무들이 모두 눈밭에 발을 담그고 있다는 그곳

지층의 황혼

어느 날 떠나왔던 길에서 너무 멀리 왔다는 걸 깨달을 때. 모든 게 아득해 보일 때가 있다. 이럴 때 삶은 참혹하게 물이 빠져 버린 댐 가장자리 붉은 지층이다.

도저히 기억되지 않으리라 믿었던 것들이 한눈에 드러나는 그 아득함. 한때는 뿌리였다가, 한때는 뼈였다가, 또 한때는 흙이었다가 이제는 지층이 되어 버린 것들. 그것들이 모두 아득하다.

예쁘장한 계단 어디에선가 사랑을 부풀리기도 했고, 사랑이 떠나면 체머리를 흔들기도 했다. 그래도 돌아온다고 믿었던 사랑은 없었다. 떠나면 그뿐, 사랑은 늘 황혼처럼 멀었다.

병든 것들은 늘 그랬다. 쉽게 칼날 같았고 쉽게 울었고 쉽게 무너졌다. 이미 병들었는데 또 무엇이 아팠을까. 병든 것들은 죽고 다시 오지 않았다. 병든 것들은 차오르는 물 속에서 죽음 이외에 또 무엇을 알았을까. 다시 오지 않으리라 생각했다.

　　그리고 어느 마른 날. 떠나온 길들이 아득했던 날 만난
붉은 지층. 왜 나는 떠나 버린 것들이 모두 지층이 된다는
걸 몰랐을까.

천국보다 낯선*

　녀석들은 오늘따라 신이 났다. 일식이 올 것 같은 하늘 때문이다. 녀석들에게는 도통 일상이란 지루하다. 아무것도 변하지 않는 건 죄악이다. 꽹과리 소리가 들리든 아니면 그럴듯한 트럼펫 소리가 들리든 세상은 소란스러워야 한다. 녀석들의 기대처럼 세상은 변하지 않았다. 태양도 늘 그때쯤 떠올랐고, 달도 늘 그맘때쯤 모습을 보였다. 녀석들은 떠났다.

　녀석들은 낯선 세상으로 떠났다. 서로의 이름을 부르지도 않고, 신용카드를 지갑에 꽂지 않아도 되는 곳으로. 도심 한가운데로 이민 온 펭귄 같은 녀석들이 걸어간다. 뭘 해도 안 어울리는 이민자들. 나름대로 빨리 걷지만 미국 대도시 입장에선 녀석들이 낯설다. 녀석들이 훌륭한 건 희망 따위를 향해 걷지 않았기 때문이다.

　걷기가 끝나고 침대에 늘어진 녀석들
　지옥 아님 천국

* 짐 자무시 감독의 영화.

우물 속에 갇힌 사랑

소년의 첫사랑은 바비인형 같은 혼혈 소녀였다. 그날 이후 소년의 성기는 자라지 않았다. 세상은 변했지만 여전히 사람들은 버스에 올라탔고 바비인형에게 눈을 힐끗거렸다. 어깨도 자라고 수염도 자랐지만 소년의 성기만 자라지 않았다.

그게 사실은 진짜 사랑이다. 미성숙의 상태로 남아 있는 것. 모든 씨앗과 열매를 포기하는 것. 죽을 이유가 충분한 것 그것이 사랑이다. 못난이로 늙어 버린 소년. 피부 관리실 한번 가지 못하는 팔자로 자라난 바비인형. 그들이 사랑을 한다. 그들의 사랑은 이념처럼 변덕스럽지 않다. 사랑이다. 그들은 우물 속에 산다. 스스로 선택했다. 가끔씩 두레박을 타고 올라오지만 고개를 흔들며 다시 내려간다. 우물 속의 사랑. 내 사랑.

장마 또는 눈물

남루한 자가 바라보는 남루한 강물. 한때는 누군가의 심장이었을 병든 눈물이 밤새 흐르고 있었습니다. 천 년쯤 된 탑 옆을 흐르는 흙탕물. 무엇에 쓰였는지 알 수 없는 여름날의 전부가 흐르고 있었습니다. 나는 강가에서 그걸 지켜보고 있었습니다.

사람들은 여름내 내 얼굴이 좋지 않았다고 말합니다. 강물의 얼굴이 어두웠기 때문이겠죠. 내가 청춘에 접어들던 그 무렵 강물은 늘 흙탕이었고, 지금도 강물은 늘 흙탕입니다. 세월의 뱃속에서 나오는 눈물을 누가 막을 수 있을까요. 여름날의 눈물은 늘 흙탕물입니다.

한 치 앞이 보인다면, 한 치 앞을 알 수 있다면 다시 당신을 사랑할 수 있겠습니다. 열병은 언젠가 낫고, 흘린 피는 말라 버린다고 했던가요. 눈물은 마르지 않고 늘 그 자리에서 다시 샘솟을 뿐입니다.

생각해 보면 눈물은 늘 평이한 세월의 중심을 흘러갔습니다.
여름날, 나는 당신을 전쟁이라고 부릅니다.

호숫가

시간이 나를 원했고
그리스어와 모스 부호가 내 편이었다
허술한 세상에 새가 날자
눈처럼 깃털이 떨어져 내렸고
윤전기는 돌아갔다

시간을 이길 수 있다고 생각한 자들
인생을 찬양한 자들
사랑을 노래했던 자들이
한 명씩 소금 덩어리처럼 녹아내렸고
녹아내리면 소금일 뿐
시간은 그렇게 흘렀다
공포는 시간 앞에서 무릎을 꿇지 않았다

누군가는 죽었다
죽어야 했고
그날 호숫가에 있었던 게 화근이었다
호수는 늘 인생을 찬양한다

오베르 성당

성당 신발장이 며칠째 비어 있다

신경이 날카로운 수녀만
오르간을 눌러 대고

빗물에 쓸려 나간 앞마당엔
마차 바퀴가 누워 있다

세월은 헐벗었고
미친놈 하나는 여전히 이 동네에 살았다

아무리 눈치를 줘도
아이들은 성당 앞마당에서 시끄럽게 자라났다

밥

세월이 가는 걸 잊고 싶을 때가 있다.
한순간도 어김없이 언제나 나는 세월의 밥이었다.
찍소리 못하고 먹히는 밥.
한순간도 밥이 아닌 적이 없었던

돌아보니 나는 밥으로 슬펐고,
밥으로 기뻤다.
밥 때문에 상처받았고,
밥 때문에 전철에 올랐다.
밥과 사랑을 바꿨고,
밥에 울었다.
그러므로 난 너의 밥이다.

휴면기

오랫동안 시 앞에 가지 못했다. 예전만큼 사랑은 아프지 않았고, 배도 고프지 않았다. 비굴할 만큼 비굴해졌고, 오만할 만큼 오만해졌다.

세상은 참 시보다 허술했다. 시를 썼던 밤의 그 고독에 비하면 세상은 장난이었다. 인간이 가는 길들은 왜 그렇게 다 뻔한 것인지. 세상은 늘 한심했다. 그렇다고 재미가 있는 것도 아니었다.

염소 새끼처럼 같은 노래를 오래 부르지 않기 위해 나는 시를 떠났고, 그 노래가 이제 그리워 다시 시를 쓴다. 이제 시는 아무것도 아니다. 너무나 다행스럽다.

아무것도 아닌 시를 위해, 더 이상 아무것도 아니길 바라며 시 앞에 섰다.

엄마의 사랑

섬마을에서 5톤 미만 어선의 힘없는 깃발이 펄럭인다. 어디 멀리서 바람이 온 것이다. 바닷가 작은 마을에서 엄마는 자웅동체다. 남자가 필요 없는 존재다. 엄마가 사랑을 한다는 건 절망이다. 엄마는 깃발처럼 흔들리지 않는다. 육지를 그리워하지도 않는다. 가끔씩 헌병 차 지나가는 소리가 육지에서 들려왔지만 섬마을에는 아무 일도 일어나지 않았다.

그렇게 바람은 늘 멀리서 오는 것이었다. 소년은 바람의 근원을 궁금해하지 않았다. 바닷가에서 말미잘을 가지고 놀다 다시 엄마 품으로 오면 그뿐. 바람의 근원은 늘 다른 곳에 있었다. 수백만 년의 시간이 흘러 섬이 바다와 붙어 버리기 전까지는 아무 일도 없을 줄 알았다. 하지만 어머니는 사랑에 빠졌고 5톤 미만 어선의 깃발처럼 흔들렸다.

소년이 세월을 먹어 가고 있었다.

소도시

신은
낡은 트럭 위에도 있고
짐 보따리 안에도 있고
다방에도 있다

그래서 또 신은 없다
어디에도 있기 때문에
신은 어디에도 없다

사람들이 신을 믿는 건
어디에도 있고
어디에도 없기 때문이다

운명의 씨줄 날줄은
주인공의 허락 없이
짜인다

천을 짜는 신에게
애초에 밑그림이란 있을 수 없다

그래서
사람들은 신을 믿고
또 그래서 안 믿는다

작은 고깃배 같은
작은 도시에는
신이 살고
또 신이 죽는다

소립자

피라미드 들어가는 길.

눅눅한 그 통로에서 수천 명의 땀 냄새를 맡으며 토악질
을 참는다는 것. 벽을 짚고 겨우 머리를 들었을 때 동전 몇
푼을 갈구하는 자들과 눈이 마주쳤다는 것. 비굴한 그들이
가끔 핫팬츠 차림의 백인 여자들을 힐끗거리며 미소를 지
었다는 것. 나 역시 그 미소에 동의했다는 것.

당나귀와 낙타와 자동차가 아귀다툼을 하는 길 위에 서
있었다는 것. 그 길 위에서 한 처절한 싸움을 목격했다는
것. 당나귀에서 내린 남자가 자동차의 남자를 끌어내 피투
성이를 만들고, 자동차에 탄 가족들은 개구리처럼 뻗어 버
린 가장을 바라보고만 있었다는 것. 차창 밖으로 피투성이
남자와 눈이 마주쳤다는 것.

시간의 모래 속에서
난 오늘 불운했다.

멸치

언젠가 하얀 눈보라처럼 바닷속을 휘저었을 멸치 떼가
말라 간다. 영혼은 빠져나갔는데 하나같이 눈을 뜨고 있
다. 죽기 싫었던 멸치가, 사랑의 정점에 있던 멸치가 눈도
못 감은 채 말라 간다.

말라서 누군가에게 국물이 되는 종말. 그 종말에 대해
이야기하고 싶다. 눈 뜬 놈들이 뒤엉켜 말라 가는 홀로코
스트의 현장에서 한 됫박의 미라와 한 됫박의 국물과 눈
물을.

살아 있는 모든 것은 저렇게 단순하게 눈물이 되는 걸.
이제 와서 후회한다 나의 사유가 늘 복잡했던 것을.
내 사랑이 모두 음란했던 것을.

끔찍한 결과들로 뒤덮인 마트를 걸어 나오며 깨달았다.
말라 가는 것이 내가 아는 생(生)의 전부라는 걸.

용달차 기사

말라비틀어진 양배추가 되기 싫은 남자
용달차를 타고 달린다.
그가 믿는 건 가족도 아닌 용달차다.

세상과 불화했던
어느 귀퉁이 하나 성한 데가 없지만
용달차는 힘이 세다.

한때 잘나갔다던 남자는 이제
용달차에 울고 웃는다.
짬뽕 한 그릇 앞에 놓고도
남자가 예찬하는 건 인생이 아니라 용달차다.
약속 한번 저버린 적 없는 못생긴 용달차다.

툭하면 엔진에서 연기가 나기도 했지만
그럴 때마다 이번이 마지막이다 싶었지만
용달차는 금방 털고 일어났다.

인생은 늘 용달차보다 하수다.

생태 보고서 3

허접할수록 아름답다. 고대의 동굴 속에서 등잔의 그을음을 발견할 때. 아, 누군가 살려고 했었구나. 포기하지 않았었구나. 저잣거리를 도망친 누군가가 여기서 욕망을 접었구나. 외롭게.

흔적은 그렇게 오래간다. 동굴을 걸어 나오며 생각했다. 자기 발로 동굴에 들어온 사람들을. 음습함에 길들기 전 골백번 죽고 싶어도 죽지 못했을 사람들을. 살기 위해 어둠에 길든 사람들을.

동굴을 나가지 못한 것들은 뼈가 됐다. 흩어진 자모처럼 널브러진 뼈들을 보며 내가 속한 종(種)의 기억을 더듬는다.

빛을 바라보면 왜 어지러운지 알 것 같았다.

통증

손을 다쳤다. 다행이다.

철학자를 한 명도 만들지 못했다는 토스카나의 태양 아
래서

손의 통증이 없었다면 난 아마

만원 지하철에 시달리고 있을

너를 잊었을지도 모른다.

극사실주의 같은 풍경을 내려다보며

손에서 배어 나오는 피를 보며

지하철에 몸을 꽂아 넣었을

너를 생각했다.

아픈 다리를 잠시 쉬려고 앉은

분수 앞에서 '죽고 싶다'는 엽서를 썼다.

미안하다는 말을 또 썼다. 이 엽서에 얼룩으로 남을

너의 눈물이 보였고, 투항하지 못한 시정잡배의

심정은 엽서 위에서 추하게 반짝였다.

혁명이나 사랑이 쌧나락 까먹는 소리로 들려야 할 나이에

난 또 집착을 만들었다. 집착을 끌고 여기까지 왔다.

세 번쯤 망설이다 엽서는 끝내 부치지 못했다.

어색하게 잠든 밤

소 방울 소리와
손의 통증이 번갈아 잠을 깨웠다.
속세다.

추전역(枏田驛)

부자유스럽게 날이 저문다.

아무 말 없이 그대는 여기서 하루를 끝내고, 그대 여기 누워 더 이상 시퍼런 바람이 되지 않아도 되겠지. 검은 빗물이 그대가 꾸는 꿈속을 흘러 땅으로 스며들기를. 다시는 빗물이 그대의 등을 타고 아프지 않게 흘렀으면.

나뭇가지 꺾어 계곡 물에 띄운다. 남겨진 그대 숨소리 검은 강과 함께 흘러가기를, 8월의 서늘함이 얼굴도 기억나지 않는 꿈이기를.

여기엔 그대가 남고 나는 떠나서 죽어도 끌어안을 수 없는 그리움이
또 자갈들처럼 굴러다니기를.
그렇게 또 수만 년이 흐르기를.

지옥

직사각형 액자 위에
남자가 갇혀 있다.
갇힌 남자는 나오지 못한다.
손목이 잘려도 못 나온다.

안 나와도 역사책 한 권은 충분히 쓴다. 야사다.

한 여자가 직사각형 액자에 갇혀 있다.
가끔 속옷 자락이 액자 밖으로 나오지만
여자는 나오지 못한다.
돈을 내도 액자는 그대로다.

액자 밖으로 여자를 끄집어낼 수 없어도
그 여자를 가질 수는 있다.
웃긴 지옥이다.

신성한 모든 것은 세속적으로 된다*

때려죽여도 파바로티가 될 수 없는 남자가
노란 가발을 쓴 채 악을 쓴다
우랄 알타이의 패배
나의 패배
그가 가 닿은 극점은
무엇이었을까
그는 무엇을 보았을까

생각이 바뀌고 몸이 바뀌고
나뭇가지에 걸린 검은 비닐봉지가
꽃처럼 널린 그런 날
유치하지 않은 것도
유치한 것도 없는 그런 날
한옥 마을 앞에서
뾰족구두 청바지에
머리에는 원색 조바위를 쓴
아줌마가 300원짜리 잉어밥을 팔고 있는 그런 날
공자의 후손들이 몰려와
붕어빵을 사 먹는 그런 날

모호해서 경이로운 날

* 마르크스 『공산당 선언』 중에서

사내

(난 사람들이 손으로 가리키는 그 작업실을 들여다보
았다)

난로를 뒤적여야 할 부지깽이를 들고
문을 박차고 나간 사내는
날이 저물도록
집에 오지 않았다

열려 있는 창으로
방 한구석에 똬리 틀고 있는
삐뚤어진 의자 한 개 보였다
혼자서도 가만히 있기 힘든
의자는, 사내를 기다리고 있었다

갑자기 소리를 지르며 뛰어올까
돌아봐도
날이 흐려
벌판은 다 보이지 않았고

멀리서 무슨 자신 없는 노랫소리 들리다 말았다

오베르의 빈한한 저녁

사는 일

술 취해 집을 뛰쳐나간 아버지와
전화통 붙잡고 싸운 날
회사에선 시말서를 쓴다.

공교로운 것이 아니라 그게 사는 거다.
때맞춰 창밖 남산에 눈이 내리거나
옛 여인이 오랜만에 예수 믿으라는 전화를 걸어온다면
판단 안 서는 그 상황은 차라리 아름답다.

가장 축약된 문장으로 비겁한 시말서를 쓰고
삼거리 부대찌개를 먹고
담배를 반쯤 피우다 말고
다시 아버지에게 전화를 한다.

누워 있는 불상들이 일어나는 것만큼
삶이 호쾌해지는 건 힘든 일이다.

말로 할 수 없는 것

비는 전쟁이 되어 왔다
싸늘한 바람에, 너는 아니라고 했지만
난 믿지 않았고
또 거대하게 물줄기 하나가 흘러갔다
거대한 것들의 참혹함과 허술함

택시를 기다리다 그냥 걷기로 했다
상투적인 강으로
함께 가기로 했다
길과 길에 관한 기억을 지우기로 했다
여기저기 어두운 귀퉁이에서
물이 밀려 내려온다
온통 거칠고 아픈 것들이다

물에 갇힌 날들은 모두 달라서
말로 하지 못한다

시인, 반항, 직관, 푸른색

차창룡(시인 · 문학평론가)

시인, 일찌감치 허무를 깨달은 자

문득, 나는 깨닫는다, 시인이란 일찍이 허무를 알아 버린 자들이고, 허무를 알았음에도 대책 없는 자들이고, 또 스스로 대책 없는 자라는 것을 아는 자들임. 시와 종교와 철학은 근본적으로 인간의 실존에 대한 질문에서 시작된다. 근본적인 질문보다는 그 응용 — 예를 들면 시의 경우에는 언어의 그림과 음악이 주는 쾌감을 중시할 수도 있고, 종교의 경우에는 의례(儀禮)에 치우칠 수도 있으며, 철학의 경우에는 윤리나 미학에 집착할 수도 있다 — 에 집중하는 경우도 있지만, 사실 그 응용조차도 실존에 대한 근본적인 질문에서 벗어나지는 않는다.

철학이 인간 실존에 대해 '논리적으로' 탐구하는 것이라면, 종교는 '영(靈)적으로' 탐구하는 것이며, 시는 '직관적으로' 탐구하는 것이다. 철학의 눈이 정신이라면, 종교의 눈은 영혼이고, 시의 눈은 몸이다. 몸(감각)의 눈으로 보는 이를 아르튀르 랭보는 견자(見者, Voyant)라고 했다. 견자는 사물(현상)의 본질을 꿰뚫어 본다는 의미에서 투시자(透視者)라 번역하는 것이 옳을 수도 있다.

허연은 몸(감각)의 눈으로 세상을 보는 시인으로서 상당히 조숙한 편이었다. 그는 일찌감치 세상이 허무하다는 것을 몸으로 깨달은 시인이다. 허무 철학을 공부해서가 아니고, 도를 닦거나 기도를 통하거나 신의 계시에 의해 터득한 것이 아니라 허연은 거의 생래적으로, 아니 체험에 의해 세상이 허무하다는 것을 깨달았다.

오랫동안 시 앞에 가지 못했다. 예전만큼 사랑은 아프지 않았고, 배도 고프지 않았다. 비굴할 만큼 비굴해졌고, 오만할 만큼 오만해졌다.

세상은 참 시보다 허술했다. 시를 썼던 밤의 그 고독에 비하면 세상은 장난이었다. 인간이 가는 길들은 왜 그렇게 다 뻔한 것인지. 세상은 늘 한심했다. 그렇다고 재미가 있는 것도 아니었다.

염소 새끼처럼 같은 노래를 오래 부르지 않기 위해 나는
시를 떠났고, 그 노래가 이제 그리워 다시 시를 쓴다. 이제
시는 아무것도 아니다. 너무나 다행스럽다.

아무것도 아닌 시를 위해, 더 이상 아무것도 아니길 바라
며 시 앞에 섰다.

—「휴면기」 전문

허연은 첫 시집 『불온한 검은 피』(세계사, 1995)를 낸 이
래 10여 년 동안 시를 쓰지 않았다. 그가 시를 쓰지 않은
이유가 이 시에 간단하게 나와 있다.

"오랫동안 시 앞에 가지 못했다."와 "예전만큼 사랑은 아
프지 않았고, 배도 고프지 않았다."라는 두 문장이 엄밀한
인과관계를 형성하고 있는 것은 아니지만, 그의 시가 아픈
사랑과 배고픔과 어느 정도 관계가 있음은 말해 주고 있
다. "비굴할 만큼 비굴해졌고, 오만할 만큼 오만해졌다."라
는 그다음 문장이 어쩌면 시 앞에 가지 못한 원인에 더 가
까울 것이다. "비굴할 만큼 비굴해졌고"는 현실과 타협했
음을 암시하고, "오만할 만큼 오만해졌다"는 것은 자신이
세상을 바라보는 적확한 눈을 가졌다는 것에 대한 과도한
확신을 암시하는 듯한데, "오만할 만큼 오만해졌다"는 것은
오히려 시 앞에 다시 온 이유인 듯하다. 여기서 허연이 시
쓰기를 중단했던 일차적인 이유와 다시 돌아오게 된 일차

적인 이유가 밝혀진다. 그에게 시는 현실과 타협하는 것이 아니라 반항하는 것인데, 비굴할 만큼 현실과 타협하고 보니 시를 쓸 수 없었던 것이며, 오만할 만큼 오만했으므로 더 이상 오만할 필요는 없었던 것이다.

2연은 '오만'해질 수밖에 없는 이유를 말하고 있다. 세상은 시보다도 허술했으며, 시를 썼던 밤의 그 고독에 비해 세상살이는 그리 어렵지 않았던 것이다. 세상은 장난이었으며, 따라서 한심했으며, 재미가 없었다. 인간이 가는 길들은 아무리 봐도 뻔한 것이었다. 시인 허연의 눈에 세상이 그렇게 보이는 것은 당연한 일인지도 모른다. 어쨌든 이 발언으로 인해 허연은 랭보가 말하는 감각적 투시자로서의 시인임을 스스로 증명하고 있다.

3~4연은 구체적으로 시를 떠난 이유를 말하면서 동시에 시 앞에 선 이유도 밝히고 있다. 그는 이미 할 말을 다 했고, 같은 노래를 부르지 않기 위해 시를 떠났다. 그러나 시도 세상처럼 반복되는 것이지만, 그것이 세상보다는 덜 한심한 것이라면, 우리가 한심한 세상을 살고 있듯이 덜 한심한 시를 살아야 하는 것 아니겠는가. 세상보다 좀 낫긴 하지만, 그래도 시는 아무것도 아니다. 아무것도 아니지만, 그 아무것도 아니라는 것이 오히려 다행스럽다. 시가 특별한 것이라면 오히려 나를 기만할지도 모른다. 더 이상 아무것도 아니길 바라며 시인은 시 앞에 섰다. "더 이상 아무것도 아니길 바라며"라는 전제가 마음에 걸린다. 아무래도

이 말에는 가시가 있다. 그것은 시가 허연에게 결코 아무것
도 아닐 수 없음을 반증하는 말이며, 최소한 예전에는 시
가 특별한 것이었으니, 이제는 시를 떠나지 않겠다는 선언
인 셈이다.

반항, 시인의 저항 방식

시는 허연에게 반항이다. 좀 더 정확하게 말하면 '시적
반항'이다. 시적 반항이란 참으로 애매한 말이다. 그 반항은
가시적인 육체적 행위나 정신적 행위로 나타나지 않으며,
정치 행위로 나타날 가능성은 더더욱 없다. 그럼에도 그러
한 반항은 분명히 있으며, 때로 그 반항은 대단한 반항을
불러일으키기도 한다. 보들레르나 랭보나 김수영의 반항을
생각해 보라. 열두 살 적 이야기를 하고 있는 「길」이라는
시를 보자.

사람들이 끊어 놓은 지평선을
달음질치는 상상을 하던 열두 살 적
마른 개나리가 햇살에 미쳐 서 있던 늦은 겨울
주일 헌금으로 과자를 사 먹고
퉁퉁 부은 종아리를 만지며
기어오르던 제방길

울컥하고 돌을 주워 하늘에 던지면
살아 움트는 건 모두 눈물이었습니다

용서하는 일보다
언제나 먼저 따라와 밟히던
먼지뿐인 길이여
발목을 붙잡던 불 켜진 창들이여

—「길」 전문

첫 시집 『불온한 검은 피』에 수록된 작품이다. 열두 살 시인이 보기에 지평선은 사람들이 끊어 놓은 것이다. 사람들이 의도적으로 끊어 놓은 길을 달음질치는 상상을 하는 것, 그것이 이 시에 나타난 시적 반항의 모습이다. 지평선은 자연의 질서이자 사람들이 만들어 놓은 인위적인 질서이다. 그 질서가 소년에게는 갑갑했다. 지평선에 갇혀 사는 것은 소년에게 세상에 대한 굴복이었으며, 그것도 타락한 세상에 대한 타협이었던 것이다. 그러니 이 삐딱한 소년은 개나리가 피어나는 것을 "햇살에 미쳐 서" 있었다고 기억하고, 부모님이 주일 헌금으로 내라고 준 돈으로 과자를 사 먹으면서 제방길을 올라 지평선을 바라보곤 했다. '저 지평선을 뚫고 가 버릴 수는 없을까?' 시적 반항은 의외로, 혹은 당연하게도 무기력하다. 소년은 기껏 울컥하여 돌을 주워서는 하늘에 던지는 반항을 할 뿐이다. 참으로 무력하게도 돌멩이는 바로 앞에 떨어졌을 것이며, 현실 너머를 향한 꿈은 순식간에 사라지고 살아 움트는 것은 '눈물'이라는 '세속'밖에 없었다.

"용서하는 일보다/ 언제나 먼저 따라와 밟히던"에서는 누구를 용서하려 했다는 것일까? 세상을 용서한다는 것인지, 아니면 다른 무엇을 용서한다는 것인지 애매하지만, 시인의 반항은 대체로 이렇게 무기력하다. 반항하면서 동시에 용서를 고려하는 것이 시적 반항인 것이다. 2연은 열두 살 이후부터 시를 쓰던 당시까지의 삶을 요약한 듯하다. 자신의 삶은 먼지뿐인 길이어서 용서할 겨를도 없었으며, 결국 "불 켜진 창"으로 상징하는 현실이 강요하는 대로 왔던 것이다. 시적 반항의 결과는 허무이다.

그럼에도 허연은 시적 반항을 멈출 수 없다.

나는 지금 목숨을 건다. 얼굴을 마주한 세상과 여자와 술값과 연탄가스에 나의 꿈은 언제나 섬이며, 선착장의 붉은 깃발이며, 운명처럼 사라진 고향이다. 왜 가난은 항상 천재이며, 고독과 번민이 천재이어야 하나. 사랑을 일삼기에도 난 시간이 없다. 서커스에서 춤추는 용과 나는 다를 게 없다. 뭐 시인 만세라고 빌어먹을 너희들은 나를 학생이라고 부르고, 허군이라고 부르고, 가끔은 젊은 시인이라고 부른다. 독일이 폭력에 마약에 시달린다고, 갈 놈은 다 가는데 나는 지금 출근을 한다. 이해하지 못한 채 끌려간다. 언제부터 너희들은 내가 가는 곳마다 버티고 있었나. 왜 나는 목숨을 거나. 도대체 나는 왜 아버지를 닮고 있나. 나는 지금 병원엘 간다. 목숨을 걸었으므로, 바람처럼 가야 하므로, 발자국을 지워야 하므로, 나는 지금 목숨을 건다. 지중해에 태어나지 않았으므로.

—「출근」 전문

「길」이 소년 시절을 예로 들어 시적 반항의 모습을 보여 주었다면, 이 시에서는 지금 사회 초년병으로서 시적으로 반항하고 있다. 시적인 반항의 핵심은 통념에 대한 반항, 관습에 대한 반항에 있다. 시인이 생각하기에 관습과 통념은 타락하게 마련이며, 원래는 신선했던 것마저 자꾸 반복되다 보면 관습이 되고 통념이 되어 타락하게 마련이다. 시인 허연에게 바로 그 시인에 대한 일반적인 '통념'이 눈엣가시가 되어 버린 것이다. 그리하여 그에게는 '시인은 가난해야 하고, 고독과 번민 속에 살아야 한다'라는 통념까지가 저항해야 할 대상이다. 랭보가 파생시킨 '시인은 고민하고 반항하는 자'라는 통념까지가 허연에게는 반항의 대상이 되어 버린 것이다. 그것이 허연이 10년 동안 시를 버린 이유일 것인데, 그렇다면 그가 시를 쓰지 않은 것까지가 바로 시적 행위였던 셈이다.

결국 허연이 시를 쓰지 않은 것은 그가 일찌감치 허무를 깨달았기 때문이다. 세상의 허무뿐만 아니라 시 쓰기의 허무까지를 깨달아 버린 것이다. 그런 허연이 다시 시를 쓰는 것은 어차피 허무이지만 그래도 시 쓰는 것이 세상과의 타협보다는 더 재미있기도 하고 어렵기도 하기 때문이다. 이제 그의 시는 어떤 길을 갈 것인가?

직관, 몸의 눈

「간밤에 추하다는 말을 들었다」라는 시를 생각해 보자. 시의 화자는 어느 자리에 얼굴 도장을 찍으러 갔다. 그 자리에서 한 후배가 "형 좀 추한 거 아시죠?"라고 말했고, 그 말은 화자의 마음에 비수로 꽂혔다. 그리고 다음 날 출근길에 쓰레기를 뒤지는 고양이와 눈이 마주쳤다. 고양이의 자세에는 오래전 야생 시절의 기억이 남아 있었지만, 지금은 쓰레기를 뒤지고 있다. 고양이가 바라는 것은 자신의 식사를 방해하지 말아 달라는 것이다. 어젯밤 들었던 '추하다'는 말이 계속해서 시의 화자를 괴롭혔다. 결국 그는 골목을 포기하고 몸을 돌리면서 "고양이와 나는 평범했다."라고 생각한다. 결국 추함은 평범함이었던 것이다. 그렇다, 얼굴 도장을 찍는 것은 우리의 세계에서 쉽게 있을 수 있는 평범한 일이다. 그러나 시인의 눈에는 그것이 바로 추함이고, 그것을 솔직하게 얘기하는 것이 시적 반성인 것이다. 시인 허연의 시적 반항이 이 시에 이르면 시적 반성이 되는 것이다.

이번 시집에서는 세상에 대한 도전적인 자세보다는 자신을 포함한 세상을 들여다보는 투사의 시선이 날카롭게 빛나고 있다. 그 시선은 외부와 내부를 동시에 찌르고 들어가면서 시적인 깨달음을 얻게 된다. 「탑 — 비루한 여행」에서는 싫은 일의 절반쯤만 하는 것은 곧 좋은 일의 절반을 날려 버리는 것이라는 점을 깨달으며, 「난분분하다」에서는 세계 곳곳의 다양한 풍경과 유적을 본 사람일수록 더 불행하다는 것을 깨달으며, 「슬픈 빙하시대 4」에서는 "돈 버는 곳에선 아무도 진실하지 않지만 아무도 무심하지 않다"는 것을 깨달으며, 「신성한 모든 것은 세속적으로 된다」에서는 제목 그대로의 현실을 깨달으며, 「안에 있는 자는 이미 밖에 있던 자다」에서는 이 세상엔 결국 나 혼자만 외롭게 존재하고 있음을 깨달으며, 「생태 보고서 1」에서는 "좆도 아니게 된 것은 이미 좆도 아니었던 것"이라는 깨달음을 얻기도 하며, 그리고 가장 중요하게 「슬픈 빙하시대」 연작에서는 지금 이 시대가 빙하시대임을 깨닫는다.

이 시대가 빙하시대라는 시인의 진단은 당연히 종교적이거나 철학적인 성찰이 아니다. 그러한 진단은 어떻게 보면 개인적인 경험에서 시작된다.

당신을 알았고, 먼지처럼 들이마셨고

산 색깔이 변했습니다. 기적입니다. 하지만 나는 산속에
없었기에 내게는 기적이 아니었습니다. 기적이 손짓해도, 목
이 쉬게 외쳐도 나는 그 자리에 가만히 있었습니다. 가는 길
도 잃어버렸습니다. 당신이 오랫동안 닦아 놓았을 그 길을
잃어버렸습니다. 이제 덤불로 가리어진 그 어디쯤, 길도 아
닌 저 끝에서 당신은 오지 않는 나를 원망하고 있겠지요. 다
시는 기다리지도 부르지도 않겠지요. 그 산을 다 덮은 덤불
이 당신의 슬픔이겠지요.

호명되지 않는 자의 슬픔을 아시는지요. 대답하지 못하는
자의 비애를 아시는지요. 늘 그랬습니다. 이젠 투신하지 못
한 자의 고통이 내 몫입니다.

내게 세상은 빙하시대입니다.
—「슬픈 빙하시대 1」 전문

「슬픈 빙하시대」는 일종의 연작 형태로 씌어지고 있는
데, 위 시는 그 첫 번째 시로 볼 수 있다. 제목으로 보면 왠
지 사회 비판적인 시일 것 같은데, 오히려 개인적인 문제이
거나 아니면 아주 근본적인 문제에 접근하고 있다. 허연이
자주 사용하는 생략과 비약이 잘 나타나 있는 시이기 때
문에, 그 빈 곳은 읽는 사람이 채워 읽어야 한다. '당신'을
안 뒤 화자는 사랑에 빠진 듯하다. 사랑에 빠졌다는 것을

“먼지처럼 들이마셨”다고 말하는 것은 사랑이 즐겁지만은 않았음을, 오히려 지독한 괴로움이었음을 말해 준다.

즐거웠든 괴로웠든 사랑은 산의 색깔을 변하게 했다. 그것은 사랑의 위대한 기적, 아니 그냥 계절의 변화인지도 모르지만, 어쨌든 화자는 이미 산속에 없었기에 그에게는 기적이 아니다. '산속'은 곧 사랑에 빠져 있음의 상징인 듯하다. 사랑에 빠져 있지 않으니 기적이 기적이 아닌 것이다. 기적이 손짓해도 당신에게 가는 길을 잊어버렸으므로, 잊어버리지 않았다 하더라도 갈 생각이 없으므로 나는 다가가지 않았다.

배신한 이는 아무래도 나인 것 같은데, “호명되지 않는 자의 슬픔을 아시는지요.”라는 질문은 이해가 가지 않는다. 화자에게 더욱 의미 있는 것은 “대답하지 못하는 자의 비애를 아시는지요.”라는 질문이다. '호명되지 않는 자의 슬픔'이나 '대답하지 못하는 자의 비애'가 같은 것이다. 화자의 괴로움은 “투신하지 못한 자의 고통”이다. 사랑에 빠질 수 없는 피할 수 없는 아픔이 있는 것이다. 그래서 화자에게는 세상이 빙하시대이다.

당신을 '시'로 볼 수도 있을 것이다. 시를 알았고, 시를 먼지처럼 들이마시니, 산 색깔이 변하는 기적이 일어났지만, 나는 시의 길을 선택하지 않았다. 시가 마련한 숲길을 잃어버렸다. 시에 다가가지 못하던 시기의 슬픔이 곧 '호명되지 않는 자의 슬픔'이고, '대답하지 못하는 자의 비애'이

고, '투신하지 못한 자의 고통'이다. 시가 마련한 길을 잃어
버렸던 시대, 그 시기를 '슬픈 빙하시대'로 볼 수도 있다는
것이다.

허연에게 빙하시대는 곧 사랑에 투신하지 못하는 고통
의 시대이다. 이 시가 사랑과 이별을 통해 빙하시대를 얘기
하고 있다면, 「슬픈 빙하시대 2」와 「슬픈 빙하시대 4」는 다
소 사회적인 것 같지만 잘 들여다보면 개인적인 내용이다.
「슬픈 빙하시대 2」에서 빙하시대는 곧 혼자 술을 먹는 사
람들을 이해할 나이이고, 모든 죄가 다 어울리는 나이이고,
청춘이 간 바로 그 시기이다. 「슬픈 빙하시대 4」에서의 빙하
시대는 곧 말할 수 없는 것에 대해 말하기도 하고 말할 수
있는 것에 대해 침묵하기도 해야 하는 시대이며, 돈 버는
곳에선 아무도 진실하지 않지만 아무도 무심하지 않은 시
대이다. 이 역시 사회적인 것이기도 하지만, 사회적인 당위
성을 생각한 발언이라기보다는 시인의 직관적 인식에 기댄
바가 크다.

「슬픈 빙하시대 3」도 「슬픈 빙하시대 4」와 비슷한 맥락
이라 생각할 수 있다. 중독자의 시선으로 바라보는 세상은
늘 용서가 된다고 했는데, 그 중독자는 곧 세상의 세뇌에
중독됐다는 뜻이다. 그는 비판 의식을 상실한 중독자이니,
당연히 이 역사에 대해 그냥 체념할 뿐이다. 「슬픈 빙하시
대 5」는 그럼에도 인간의 생애가 뭐 볼 것 있다고 사람들이
목숨에 집착하는 쓸쓸한 시대를 또 빙하시대로 설정했다.

빙하시대는 얼어붙은 시대, 생명력이라고는 없는 시대, 발전 가능성 없는 시대, 냉랭한 시대이다. 허연은 왜 우리 시대를 빙하시대라고 판단했으며, 왜 빙하시대가 왔다고 판단한 것일까? 「슬픈 빙하시대 1」이 사랑할 수 없는 시대를 빙하시대로 판단했다면, 「슬픈 빙하시대 2」는 스스로 청춘을 보내고 세상의 온갖 때가 묻었기 때문에 빙하시대를 맞이하고 있다고 판단하며, 「슬픈 빙하시대 3」은 사라진 역사를 쉽게 용서하고 망각해 버리기 때문에 빙하시대를 맞이했다고 판단하며, 「슬픈 빙하시대 4」는 돈 벌기 위해 아무도 진실하지 않기 때문에 빙하시대라고 판단하며, 「슬픈 빙하시대 5」는 비루한 생에 대한 집착이 빙하시대를 야기한다고 판단한다. 허연이 생각하는 빙하시대는 개인적인 면부터 역사적인 면까지가 골고루 펼쳐져 있으나, 허연의 진단에는 논리적인 판단보다는 직관이 주류를 이룬다. 논리적인 판단이 주류를 이룬다면 그것은 시적인 영역에서 멀지만, 직관이 주류를 이루고 있기 때문에 허연의 아포리즘은 상당히 시적이면서도 신선하다. 허연의 아포리즘이 절정에 오른 시 한 편을 보자.

불빛이 누구를 위해 타고 있다는 설은 철없는 음유시인들의 장난이다. 불빛은 그저 자기가 타고 있을 뿐이다. 불빛이 내 것이었던 적이 있는가. 내가 불빛이었던 적이 있는가.

가끔씩 누군가 나 대신 죽지 않을 것이라는 걸. 나 대신 지하도를 건너지도 않고, 대학 병원 복도를 서성이지도 않고, 잡지를 뒤적이지도 않을 것이라는 걸. 그 사실이 겨울날 새벽보다도 시원한 순간이 있다. 직립 이후 중력과 싸워 온 나에게 남겨진 고독이라는 거. 그게 정말 다행인 순간이 있다.

살을 섞었다는 말처럼 어리숙한 거짓말은 없다. 그건 섞이지 않는다. 안에 있는 자는 이미 밖에 있던 자다. 다시 밖으로 나갈 자다.

세찬 빗줄기가 무엇 하나 비켜 가는 것을 본 적이 있는가. 남겨 놓는 것을 본 적이 있는가. 그 비가 나에게 말 한마디 건넨 적이 있었던가. 나를 용서한 적이 있었던가.

숨 막히게 아름다운 세상엔 늘 나만 있어서 이토록 아찔하다.
—「안에 있는 자는 이미 밖에 있던 자다」 전문

시인의 깨달음은 어쩌면 이런 것이다. 타오르는 불빛을 보라. 그것은 누구를 위해 타오르는 것이 아니라 저 혼자 타오르고 있을 뿐이다. 누군가를 위해서 죽을 수 있을 것 같고, 마찬가지로 누군가 나를 위해서 죽을 것 같지만, 그렇지 않다. 지하도를 건너려면 내가 건너야 하듯이, 나는 절대 고독 속에 놓여 있으며, 그 고독이라는 것이 참으로 시원한 순간이 있다. 혼자 있어서 그만큼 자유로운 것이다. 그것을 깨닫고 보니, 남녀 간의 사랑이라는 것, 서로 살을 섞었다는 말도 거짓말이다. 섞일 수 없다. 안으로 들어간 것은 이미 밖에 있었던 것이며, 결국에는 밖으로 나간다. 확실히 그렇지 않은가.

운명이라는 빗줄기는 그 무엇도 비켜 가지 않는 것이다. 4연의 비는 '운명'과 같은 것이다. 비가 누구도 비켜 가지 않듯이 운명은 나에게 말 한마디 건네지 않고 절대 용서하지도 않는다. 그리하여 "숨 막히게 아름다운 세상엔 늘 나만 있어서 이토록 아찔하다." '아찔하다'라는 형용사가 재미있다. 이 세상에서 나 홀로 고독하다는 것은 행복하다는 것도 아니고 슬프다는 것도 아니다. 그것이 이 시인의 감각적인 깨달음인데, 그 느낌은 어떤 말로도 적확하게 표현할 수 없다. 그나마 비슷하게 근접한 말이 '아찔하다'인 것이며, 그 낱말의 성격을 시적으로 설명하면 아이로니컬하다. 허연 시의 의미를 설명하기 어려운 이유가 여기에 있지만, 허연의 시를 읽는 재미 또한 여기에 있다.

푸른색, 소년이게 했고 시인이게 했던

자리를 털고 일어나던 날 그 병과 헤어질 수 없다는 걸 알았다. 한번 앓았던 병은 집요한 이념처럼 사라지지 않는다.
병의 한가운데 있을 때 차라리 행복했다. 말 한마디가 힙겹
고, 돌아눕는 것이 힘겨울 때 그때 난 파란색이었다.

—「슬픈 빙하시대 2」 1연

허연 시의 열쇠어에 해당하는 시어 중에 가장 중요한 것
이 '푸른색'이다. 이 시에서는 푸른색과는 느낌이 약간 다
른 '파란색'이 등장한다. 병을 앓고 난 후 회복되었음에도
화자는 병과 헤어지기 힘들다. 이제는 병의 변방에 있다.
이 또한 참으로 적확한 통찰이다. 병을 한번 앓으면 그 후
유증이 있을 수도 있고, 후유증이 없더라도 그 병에 대한
공포감은 남게 된다. 그래서 차라리 병의 한가운데 있을
때 행복했다고 생각할 수도 있는 것이다. 말 한마디가 힙겹
고 돌아눕는 것이 힘겨울 때 그는 '파란색'이었다. 이 파란
색이 도대체 무엇이란 말인가? "안된 일이지만 청춘은 갔
다."라는 마지막 연을 통해 파란색은 곧 '청춘'이라고 생각
할 수도 있겠지만, 그렇게 단순하지 않다. 다음 시는 허연
시의 푸른색이 상기하는 의미를 분명하게 해 주면서, 푸른
색이 왜 허연 시의 열쇠어인지를 말해 준다.

세월이 흐르는 걸 잊을 때가 있다. 사는 게 별반 값어치가
없기 때문이기도 하지만 파편 같은 삶의 유리 조각들이 처연
하게 늘 한자리에 있기 때문이다. 무섭게 반짝이며

나도 믿기지 않지만 한두 편의 시를 적으며 배고픔을 잊은 적이 있었다. 그때는 그랬다. 나보다 계급이 높은 여자를 훔치듯 시는 부서져 반짝였고, 무슨 넥타이 부대나 도둑들보다는 처지가 낫다고 믿었다. 그래서 나는 외로웠다.

푸른색. 때로는 슬프게 때로는 더럽게 나를 치장하던 색. 소년이게 했고 시인이게 했고, 뒷골목을 헤매게 했던 그 색은 이젠 내게 없다. 섭섭하게도

나는 나를 만들었다. 나를 만드는 건 사과를 베어 무는 것보다 쉬웠다. 그러나 나는 푸른색의 기억으로 살 것이다. 늙어서도 젊은 수 있는 것. 푸른 유리 조각으로 사는 것.

무슨 법처럼, 한 소년이 서 있다.
나쁜 소년이 서 있다.

—「나쁜 소년이 서 있다」 전문

이 시는 이번 시집의 모든 시들을 요약하면서, 동시에 허연 시인의 지금까지의 생애를 요약한다. 세월이 흐르는 것을 감지하지 못할 때가 있는데, 우리의 삶이 너무나도 처연하게 '똑같은 상태로' 있기 때문이다. 그렇게 지지부진한 것이 우리의 삶인데, 그 지지부진한 "한자리에 있는" 상태를 수식하는 부사어는 "무섭게 반짝이며"이다. 이것이 바

로 허연 시의 아이러니이다. 똑같은 상태로 지루하게 흐르고 있는 삶인데도 '무섭게 반짝이고' 있으니 우리는 모두 속아서 부지런히 그 삶에 끌려가고 있는 것이다.

그리하여 시인은 과거, 한두 편의 시를 적으며 배고픔을 잊었던 시절을 생각한다. 그 시절 그는 나보다 계급이 높은 여자를 훔치듯 즐거웠고, 노예처럼 사는 샐러리맨이나 도둑처럼 사는 기업인이나 정치인보다 낫다고 생각했으며, 그리하여 외로웠다. 그 시절의 색깔이 바로 '푸른색'이었다. 푸른색은 "때로는 슬프게 때로는 더럽게 나를 치장하던 색", "소년이게 했고 시인이게 했고, 뒷골목을 헤매게 했던" 바로 그 색이다.

그런데 지금은 그 색이 없다, 섭섭하게도, 그래서 시인은 오랫동안 시를 쓰지 않았던 것이다. 시를 쓰지 않고 시인은 무엇을 했는가? 시인은 스스로 재미있게 자신의 삶을 묘사한다. "나는 나를 만들었다. 나를 만드는 건 사과를 베어 무는 것보다 쉬웠다." 이 두 문장 속에서의 '나'는 지금 직장 생활을 하고 있는 자신을 말하는 듯하다. 그러나 그렇게 '나를 만들면서' 살기만 해서는 안 된다는 것을 스스로 반성하면서 그는 푸른색의 기억으로 살 것이라고 천명한다. 푸른색은 "늙어서도 젊을 수" 있게 하는 색깔이기 때문이다. 그리고 그렇게 푸른 유리 조각으로 사는 삶의 한복판에 무슨 법처럼, "한 소년"이 서 있다, "나쁜 소년"이 서 있다. 한 나쁜 소년이 시를 열심히 쓰던 그 젊은 허연이다.

푸른색은 나이 든 허연을 젊은 허연으로, 나쁜 소년으로 살게 하는 색, 늙어서도 젊을 수 있게 하는 색, 다시 말하면 시적 직관으로 살게 하는 바로 그 색이다. 허연은 왜 하고많은 색깔 중에 푸른색을 선택했을까? 그것은 의문으로 남겨 두고자 한다. 질문에 대한 답이 아니라 질문 그 자체로 시는 시이기 때문이다. 다만 허연이 좋아하는 화가 빈센트 반 고흐가 무척 좋아했던 그 푸른색이 곧 허연의 푸른색이 아닐까 짐작해 본다. 신성한 영역에 대한 열망과 세속의 처절한 몸부림을 동시에 품은 색, 냉정과 열정을 동시에 품은 색, 아르튀르 랭보가 모음 우(U)의 색깔을 푸른색으로 규정하면서 말하듯이 "순환주기들, 초록 바다의 신성한 물결침/ 동물들이 흩어져 있는 방목장의 평화, 연금술사의/ 커다란 학구적인 이마에 새겨진 주름살의 평화"(「모음」)를 품고 있는 색에다, 허연이 말하는 "시간의 모래 속"에서 본 "당나귀와 낙타와 자동차가 아귀다툼을 하는 길 위에 서 있었다는 것"(「소립자」)과 같은 색 말이다.

젊은 허연으로 돌아가 제법 나이 든 시인은 어느새 성숙한 나쁜 소년이 되었다. '나쁜 나이 든 소년의 성숙한 푸른 직관', 허연 시의 새 출발을 요약하는 구절이다. 현상의 내면을 은근슬쩍, 아니 노골적으로 뒤집어 보여 주는 서술은 간명하게 진실하다. "아무리 눈치를 줘도/ 아이들은 성당 앞마당에서 시끄럽게 자라났다"(「오베르 성당」)는 진실이 시인의 입에서 튀어나올 때 우리는 슬픈 운명과 운명적인 생의 환희를 동시에 느낀다. 그것이 바로 허연의 푸른색이다.
허연의 푸른색은 말라비틀어진 현실을 직시하게 하면서도
거기 묘하게 고여 있는 생의 감로수를 발견케 하는 것이다.

말라비틀어진 양배추가 되기 싫은 남자
용달을 타고 달린다.
그가 믿는 건 가족도 아닌 용달차다.

(중략)

툭하면 엔진에서 연기가 나기도 했지만
그럴 때마다 이번이 마지막이다 싶었지만
용달차는 금방 털고 일어났다.

인생은 늘 용달차보다 하수다.

—「용달차 기사」 1, 4, 5연

허연

1991년 《현대시세계》 신인상으로 등단했다.
시집 『불온한 검은 피』, 『나쁜 소년이 서 있다』, 『내가 원하는 천사』,
『오십 미터』, 『당신은 언제 노래가 되지』, 산문집 『고전 여행자의 책』,
『시의 미소』, 『가와바타 야스나리』, 『너에게 시시한 기분은 없다』 등이 있다.
현대문학상, 시작작품상, 김종철문학상, 한국출판학술상 등을 수상했다.

나쁜 소년이 서 있다

1판 1쇄 펴냄 · 2008년 10월 10일
1판 18쇄 펴냄 · 2025년 2월 10일

지은이 · 허연
발행인 · 박근섭, 박상준
펴낸곳 · (주)민음사

출판 등록 1966. 5. 19. 제16-490호
서울특별시 강남구 도산대로1길 62(신사동)
강남출판문화센터 5층 (우편번호 06027)
대표전화 02-515-2000 / 팩시밀리 02-515-2007
www.minumsa.com

ⓒ 허연, 2008. Printed in Seoul, Korea
ISBN 978-89-374-0766-6 (04810)
ISBN 978-89-374-0802-1 (세트)